EL DUENDE VERDE

© Del texto: Juan Farias, 1987
© De las ilustraciones: José Ayala y Teresa Novoa, 1987
© De esta edición: Grupo Anaya, S. A., 1987
Juan Ignacio Luca de Tena, 15. 28027 Madrid
www.anayainfantilyjuvenil.com
e-mail: anayainfantilyjuvenil@anaya.es

1.ª ed., marzo 1987; 2.ª ed., febrero 1988
3.ª ed., junio 1988; 4.ª ed., septiembre 1998
5.ª ed., noviembre 1998; 6.ª ed., julio 2000
7.ª ed., diciembre 2001, 8.ª ed., julio 2003

Diseño: Taller Universo

ISBN: 84-207-2786-5
Depósito legal: M. 30.489/2003

Impreso en ORYMU, S. A.
Ruiz de Alda, 1
Polígono de la Estación
Pinto (Madrid)
Impreso en España - Printed in Spain

EL DUENDE VERDE

Juan Farias

EL HIJO
DEL JARDINERO

Ilustración: José Ayala y Teresa Novoa

QUERIDO LECTOR

Siempre hay una razón para escribir una dedicatoria o cantar debajo de una ventana. En este caso se trata de un recuerdo que merece la pena.

Fue en primavera. A mi alrededor había seis o siete docenas de niños y cuatro bibliotecarios. Los niños hacían preguntas y los bibliotecarios también jugaban, todos jugábamos a lo mismo. Yo era el escritor y ellos tenían que averiguar el porqué, el cómo y el dónde de mi trabajo. Hubiera sido lo mismo si en vez de dedicarme a inventar hijos de jardinero, monstruos verdes o paladines, fuese bombero, escalamuros, doctor en medicina o perro de lanas. El juego es la curiosidad, conocer y hacerse amigo de las cosas, las personas y los oficios.

Fue en primavera, en una habitación
llena de luz, libros, niños y
bibliotecarios. Jugamos y ellos
supieron de mí y yo supe de ellos.
Ahora tenemos recuerdos en común, ya
no somos extraños. Por algo así se
puede brindar, hacer festivo un
jueves de abril o escribir una
dedicatoria.
Con todo afecto,

I N D I C E

*A los cuatro bibliotecarios
de aquella primavera.*

1

ENCONTRÉ estas notas en uno
de esos cuadernos en los que
escribo de todo, lo que vi, lo
que quiero ver, lo que no pasó
nunca, nombres de chicas que
tienen la sonrisa mágica,
fórmulas para volar más rápido
que la luz, recetas para hacer
pastel de manzanas, palabras
que me gusta escribir, decir y
leer, algún «te quiero» y más
cosas.

Papá tiene más de veinte
años. Eso se nota enseguida.
Ya es viejo y además lleva

bigote, pero todos lo tratan de tú.

Todos dicen que papá es flaco y feo. A mí no me lo parece. A lo mejor es que, de tanto verlo, ya estoy acostumbrado.

A mamá debe pasarle lo mismo.

Papá es jardinero y trabaja en el Parque de los Tilos.

El parque está a la orilla del río. Allí juegan los niños, toman el sol los viejos y pasean los enamorados. También suele haber personas solitarias y tristes.

En el parque, papá siembra las primaveras, poda los árboles que hay que podar, da de comer a los patos y recoge las plumas que pierde el pavo real.

A papá le pagan, pero no mucho, y eso, los sábados, lo

pone de mal humor. Mamá lo sabe y baja a esperarlo al portal, le da un beso y le dice:

«Te he preparado unas alcachofas y están calientes, marido.»

Mamá es bonita. Papá dice que mamá es bonita y a mí también me lo parece.

A veces mamá se enfada y entonces tengo que hacer cosas que no me gusta hacer.

A nadie le gusta no poder quedarse un poco más en la calle, o tener que dejar cada cosa en su sitio, o estarse quieto y callado, sobre todo si lo que uno quiere es meter ruido y no estarse quieto.

A mamá también la tratan de tú, pero si en casa ya no hay dinero porque es día veintisiete, la verdulera le fía y todos le fían lo que haga falta.

Yo, mamá y papá, vivimos en un cuarto piso.

A mi casa hay que subir a pie.

(*Aún no se habían inventado los ascensores para las casas de los jardineros, los maestros de escuela o los dependientes de droguería.*)

De mi casa uno puede bajar deslizándose por el pasamanos.

Mi casa es bonita.

Desde una ventana se ve la torre de la catedral, más alta que todo, a veces enredada de golondrinas y de sol. Entonces parece que se mueve.

Desde otra ventana se ve el tejado y el patio de la carbonería.

Una tarde vi al carbonero y a su hijo que comían el pan sin haberse lavado las manos.

El hijo del carbonero no va a la escuela y por eso suma con los dedos.

En aquellos días, mi ciudad aún era pequeña y tranquila. Se podía jugar a la pelota en la calle y correr por ella porque el único coche metía mucho ruido, corría poco y además tocaba la bocina.

Los barrenderos tenían un carro, y del carro tiraba una mula.

Los enterradores tenían una
carroza, y de la carroza tiraban
dos caballos negros.

Los curas iban a pie y llevaban
sotana.

El cartero tenía una bicicleta y
a veces me dejaba dar una
vuelta.

El coche era del jefe de los
soldados.

Algunos días los soldados
desfilaban en fila de tres, con tres
cornetas y tres tambores. Los
niños íbamos detrás y los
imitábamos.

2

EN casa éramos tres, pero íbamos a ser cuatro.

El día que lo supe fui feliz y me puse nervioso. Lo escribí en uno de mis cuadernos y con el mismo tema hice una redacción para la escuela.

«No está mal», dijo el maestro, «pero ancho no se escribe con h, ni taburete con v.»

Y me puso un cuatro.

Yo venía del río que por mi ciudad pasa *ancho* y despacio, poco profundo.

Yo venía de perder un barco de caña y papel, que lo cogió

la corriente y se lo llevó río abajo,
a cualquier parte.

Dije:

«No importa. Mañana haré
otro.»

Cuando llegué a casa,
encontré a mamá algo nerviosa.
Estaba en la cocina, sentada en
un *taburete*. Tenía una taza en las
manos. El olor era de tila recién
hecha y caliente.

Pregunté:

«¿Te pasa algo, mamá?»

«Creo que vas a tener un
hermano», dijo.

Voy a tener un hermano. Le
han preguntado a la rana, y la
rana ha dicho que sí.

La rana no se equivoca nunca.

Quiero tener un hermano
porque entonces no tendré que
jugar yo solo a los juegos de
estar en casa, a los juegos de

los días de lluvia o de pasar la
gripe.

Cuando tenga un hermano,
iremos a robar nueces al huerto
de los frailes, le enseñaré mi
escondite secreto, lo que tienes
que decir si te mira el hombre
oscuro y silencioso; le diré lo que
hay que hacer para que las
palomas se le posen en el
hombro, y más cosas.

Tengo un amigo que sabe
mucho de esto de tener
hermanos. Ya tiene siete y todos
son más pequeños
que él.

El padre de mi amigo es *floristo*
en el mercado y su madre debe
tomar jarros de tila recién hecha
y caliente.

Mi amigo tiene que ayudar a su
padre y por eso tampoco va a la
escuela. (*Aún no se había
inventado la obligación de que*

todos los niños fueran a la escuela. Un niño, sin saber leer ni escribir, sin haber cumplido los diez años, podía empujar un carrito de floristo o hacer faenas de carbonero.)

Fui al mercado y encontré a mi amigo. Estaba de mal humor. Alguien había muerto y a él le tocaba hacer la corona de crisantemos.

«Mamá está embarazada», le dije, «voy a tener un hermano.»

Mi amigo se encogió de hombros y me miró despacio, a molestar.

«O una hermana», dijo.

Volví a casa.

«Mamá», dije, «tiene que ser niño».

Mamá dijo:

«Lávate las manos y vete a comprar pan.»

3

EL frutero se puso sus gafas de leer, escogió una manzana, la partió con un cuchillo y me dio la mitad.

«Toma», dijo, «ese trozo aún se puede comer.»

El frutero era mi amigo. A veces me daba los trozos buenos de las manzanas picadas. También me decía la hora.

Le conté:

«Voy a tener un hermano.»

«Ya me di cuenta», sonrió, «vi a tu madre y me dije: esa buena mujer está embarazada.»

Además, hacía sol y un momento antes yo había visto cómo bajaban un piano desde un segundo piso.

Pensé:

«Es un día para silbar fuerte.»

Lo hice.

Dicen que desafino, pero es envidia.

Mamá, a papá, lo llama marido. A veces también le dice: «Oye, tú, tío feo», le pellizca la nariz y él se deja.

Hoy, mientras servía la sopa, mamá dijo:

«Marido, tenemos que hacer cuentas.»

Papá intentó bromear.

«Mira, mamá, donde comen tres, pueden comer cuatro.»

Pensé:

«Van a discutir de dinero.»

Dije:

«Vi cómo bajaban un piano

desde un segundo piso.»

No me hicieron caso y supe
que ya no iba a ser un día
mágico.

No me gusta que discutan.
Cuando papá y mamá discuten,
yo me encierro en mi cuarto, me
tapo la cara y los oídos, meto un
dedo en cada oído y aun así oigo
y no quiero oír.

La culpa siempre la tiene algo
que nos hace falta y no podemos
tener.

Mamá hace cuentas y dice:

«Tanto de esto, tanto de lo
otro, dos por aquí, el recibo de
no sé qué y lo que aún
debemos.»

Papá quiere hacerla reír:

«Bueno, mujer, a lo mejor
suben los jornales o al plantar
una celinda encuentro un
puchero lleno de monedas
de oro.»

Mamá prefiere saber que dos y dos son cuatro por mucho que las sumes del derecho y del revés. Discuten más, a lo peor se enfadan y tengo ganas de llorar.

(*Eran tiempos difíciles. Había muy poco para muchos y se repartía mal. Montones de personas tenían platos de lata,*

o *sólo latas y hacían cola para que les dieran sopa.*)

Papá viene enfadado, muy enfadado. Alguien ha escrito una brutalidad en la peana de la estatua o han intentado comerse al cisne.

Mamá coge a papá por una oreja, le da un beso en la oreja y papá sonríe.

Esto le da envidia a más de uno.

Mi hermano va a tener mucha suerte. Si naciese en el piso de arriba, al ser hijo de la vecina, las cosas no le iban a gustar.

El vecino de arriba vuelve a casa y dice:

«Mujer, estoy enfadado.»

La mujer dice:

«¡Vete al cuerno!»

Mamá opina que los vecinos son buena gente pero poco amables.

4

COLECCIONO sueños. Desde que sé escribir y dibujar, los escribo y los dibujo en mis cuadernos.

Mi colección a lo mejor es única.

Unas veces sueño que puedo volar. Sólo hace falta que mueva las orejas. Otras veces alguien me pisa las orejas para que no vuele.

Unos son sueños divertidos y los otros son pesadillas.

Las pesadillas no las colecciono. Ésas prefiero olvidarlas.

Una vez soñé que pescaba una sardina. Era la misma que se había tragado al soldadito cojo.

Tengo toda clase de sueños, todos en colores, algunos mágicos y algunos tristes.

Es de noche, yo me acuesto y papá viene a sentarse en el borde de mi cama. Hablamos de muchas cosas. Luego él dice:

«Bien; ahora duérmete y sueña algo maravilloso.»

«Puedo soñar que encontramos pucheros llenos de monedas de oro.»

«¡Oh!, no, eso no. Las cuestiones económicas déjamelas a mí.»

«¿Qué sueño entonces?»

Lo piensa.

«Música», dice.

Lo pienso.

A veces no sueño algo maravilloso y tengo pesadillas

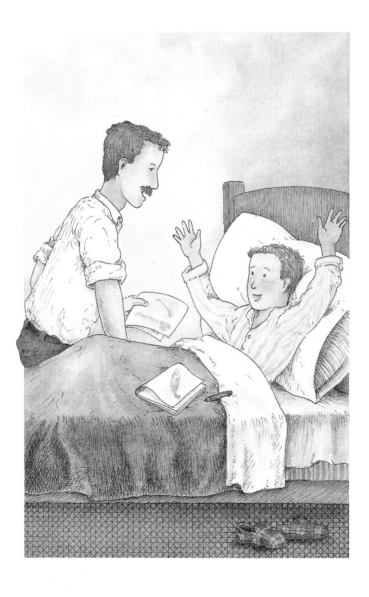

capaces de hacer gritar al más
valiente.

Una noche soñé que la caja de
galletas me mordía la punta de
la nariz.

Cuando uno sueña algo tan
horrible, se despierta y grita.

Papá enciende la luz de su
habitación y dice:

«Si es una pesadilla, tírale del
rabo.»

La luz de la habitación de papá
es buenísima para espantar a las
cajas de galletas cuando están
rabiosas y también a los ruidos
sigilosos, a las mujeres con un
solo diente y a toda clase de
espantos.

Soñé que tenía un hermano
zurdo. Esto me dio mucha
envidia, pero duró poco.

Soñé que a mi hermano se le
movía un diente y mamá lo
consolaba.

Soñé que desfilábamos con papá y que papá le decía a mi hermano:

«Ahora, tú eres el capitán.»

Soñé que mamá se enfadaba conmigo.

«No metas ruido. Si el niño se despierta, te dejaré sin manzana.»

Soñé que mamá partía en dos la manzana y que a mi hermano le daba el trozo más grande.

Soñé cosas que no me gustó soñar.

5

POR las mañanas, papá me
acompaña a la escuela. No le
cae de camino, pero me
acompaña y lo pasamos bien.

Yo llevo mis libros y papá su
escoba de brezo. A veces me
deja montar en la escoba y soy
una bruja que vuela o un
capitán al galope.

Es divertido y por eso vienen
otros niños. Entonces
desfilamos.

Papá desfila el primero y lleva
la escoba en alto.

La escoba es la bandera y
todos vamos detrás.

Papá dice: «¡Uno, dos!», y marcamos el paso.

Algunas personas saludan o sonríen. Otras nos miran como si fuésemos una fila de tontos.

Una mañana vino el héroe manco y pobre. No sé si estaba un poco borracho o sólo triste, pero desfiló con nosotros hasta la puerta de la escuela.

Después, el héroe manco y pobre se fue con papá al bar de la esquina.

«Tomaremos algo caliente», dijo papá.

(*La ciudad estaba llena de héroes. Unos mendigaban, otros presumían y alguno andaba mal de la cabeza*).

Aquella mañana no quise desfilar y papá preguntó:

«¿Te duele algo?»

Yo pregunté:

«Cuando nazca mi hermano,

¿tendré que prestarle mis cosas?»

«¿Querrás hacerlo?»

Tuve que pensarlo.

«Son mías», dije.

A papá no le gustó mucho que yo dijese aquello y empezó a explicarme lo que era bueno y lo que era malo.

«¿Sabes lo que digo, hijo?», preguntaba a cada momento.

Yo tenía que decir:

«Sí, papá.»

Cuando papá se pone serio, lo mejor es decir:

«Sí, papá.»

Y si la cosa empeora, entonces se debe bajar la cabeza, mirar al suelo o poner cara de tonto.

La escuela tiene un patio, en el patio hay un pino, y en el pino, un nido.

La escuela está llena de niños
y algunos son mis amigos.

El maestro tiene bigote y es el
novio de la hija de
un sereno.

El maestro dice que
estudiamos para ser hombres
de bien.

Yo, de mayor, quiero ser un
pájaro grande, volar sobre los
mares y ver sitios lejanos.

Al maestro le parece una
buena idea, pero dice que como
nací sin plumas, tendré que
estudiar un montón de cosas.

«Geografía, matemáticas y
hasta un poco de latín.»

Aquella mañana llegué un
poco tarde a la escuela.

El maestro preguntó:

«¿Tienes algo que decir?»
Yo dije:

«Es que voy a tener un hermano.»

«Bien», dijo el maestro y le habló a toda la clase: «La cigüeña va a visitar la casa del jardinero.»

Lo que más me gusta de la escuela es no tener que ir a la escuela.

Los domingos y los jueves por la tarde son días que merecen la pena.

También merece la pena
cuando es el santo de un santo
famoso o el cumpleaños de una
batalla importante.

Lo bueno es correr bajo la
lluvia, jugar a la pelota con la
pelota de trapo, robar nueces en
el huerto de los frailes, hablar
con mi mejor amigo, que el
cartero me deje dar una vuelta en
su bicicleta o ver pasar el coche
del jefe de los soldados.

HABÍA llovido. Todo estaba mojado, incluso el sonido de las campanas. Mi amigo y yo también.

Mi amigo preguntó:

«¿Y si vamos a robar nueces verdes?»

«Se nos puede hacer tarde», dije.

«Van a dejarme sin cenar. Dormiré mal si no como algo.»

Yo tampoco quería entrar en casa y que mamá se pusiera nerviosa.

Cuando me mojo con la lluvia, mamá se pone nerviosa,

me frota la cabeza con una toalla, me acuesta y me hace tomar un vaso de leche caliente.

Parece ser que siendo hijo único es más fácil coger una pulmonía.

Dije:

«Podemos quedarnos en el portal y hablar.»

A mi amigo le pareció una buena idea.

Fuimos a mi casa y llamé desde abajo. Mamá se asomó por el hueco de la escalera.

«¿Puedo quedarme un rato más, mamá?», pregunté.

«¿Estás mojado?», preguntó mamá.

«Ya no llueve y no estoy mojado», dije.

«Bueno», dijo mamá, «un rato más, pero no salgas del portal».

Mi amigo dijo:

«Te gritan poco.»

Y nos quedamos a hablar.

A mí, esto de hablar me gusta, es entretenido y se pasa bien el rato. Uno puede hablar del perro que quiere tener o de quien le retorció el cuello al cisne, de soldados a caballo o de las nueces del huerto de los frailes, de que un día vas a ser gaviota o del héroe manco y pobre que destapa las gaseosas con los dientes, de tipos horrorosos que destripan niños en el solar del matadero, de lo que pasó una vez y fue magnífico o de lo que querrías que pasase para tener de todo.

«¿Quién le retorció el cuello al cisne?», preguntó mi amigo.

Yo lo sabía.

«Fue el héroe manco y pobre», dije, «a veces tiene

hambre y entonces hace cosas
así».

También hablamos de no ser
hijo único y de las veces que la
cigüeña voló sobre la casa de mi
amigo.

«Yo y mis hermanos somos de
la barriga de mamá», dijo mi
amigo y añadió: «Chapuzas
caseras, ¿te das cuenta?»

Me reí:

«A lo mejor es que tu madre no
sabe escribir francés.»

Mi amigo se encogió de
hombros.

Mamá dice:

«Los niños no se encargan a
París ni los traen las cigüeñas.»

Mamá a lo mejor es rara y por
eso no le da vergüenza contar las
cosas como son.

Mamá dice que sabe poco
pero le gusta contarme lo poco
que sabe.

Mamá dice que un casi nada
de papá y un casi nada de ella,
dos casi nada, un casi nada de
cada uno, se juntan en su
barriga, dentro de su barriga, y
empiezan a latir, a crecer ya los
dos casi nada para formar una
sola cosa.

«Eso es tu hermano, que se
hace poco a poco.»

«¿Y yo, mamá?»

«Ocurrió lo mismo.»

«¿Engordas porque mi
hermano crece?»

«¿No es maravilloso?»

(*En aquellos días, si uno*

quería hablar de cómo nace un
niño, tenía que subirse a los
buzones del portal cuando el
portal ya estaba a oscuras,
esconderse debajo del puente o
un sitio así y tener cuidado porque
algunas personas mayores, que ya
las había, podían llamarte
perverso.)

Yo tuve mucha suerte y no pasé
asombros mientras mamá
gestaba a mi hermano.

Mamá me lo contó todo.

7

PAPÁ no es de este lado del
río.

Papá vino de muy lejos, tuvo
que andar mucho para ser
papá.

A papá, cuando ya era papá,
lo obligaron a ser un soldado y
disparó su fusil.

«No me gusta hablar de eso»,
dice.

Pero a veces habla y no es
divertido. No cuenta que llegó
al galope en un caballo blanco,
ni que luchó a espada con un
barbudo feroz.

En la guerra que cuenta papá, todo es triste y parece cansado, los soldados quieren volver a casa, esperan carta, están asustados...; y si alguno muere, da pena verlo morir.

«¿Y los desfiles, papá?»

«¡Ah, eso es otra cosa, hijo», y marca el paso alrededor de la mesa, «el capitán, las cornetas, los tambores, los niños detrás de las cornetas y los tambores», se detiene, coge aire y sonríe, «entonces sí, entonces los soldados son como una fiesta y me gusta.»

Papá, antes de ser papá, cuando aún no había sido soldado y ni siquiera soñaba con ser jardinero, fue pescador de los que van en barcos grandes y pescan peces enormes.

Papá me habla de la mar, de cómo la mar es azul o verde y se enfada o se queda quieta.

Papá me habla de la mar en calma y de un silencio que hace ruido.

Papá me cuenta que en la playa se pueden coger cangrejos pequeños, estrellas de mar y restos de naufragios, bolas de cristal y, con un poco de suerte, una botella con un mensaje.

«¿Un mensaje, papá?»

«¡Cielos, sí! Es de un marinero sueco. Se le ha mojado el reloj y no sabe qué hora es.»

«Hace rato que dieron las nueve.»

«Cierto, marinero. Va siendo hora de que duermas.»

«Una de las cosas más alegres», cuenta papá, «es

correr descalzo por la orilla de la playa.»

Algún día iremos a la playa de cuando papá era niño. Ahora, no, porque va a nacer mi hermano y eso cuesta. No se puede gastar en otras cosas.

«Va a nacer pidiendo.»

«¿Y en cueros?»

«Eso es, hijo, en cueros y con hambre.»

«Sí, papá.»

«Ten paciencia. Deja que pasen abril y mayo. A lo mejor me suben el jornal.»

«O al plantar una celinda encuentras un puchero lleno de monedas de oro.»

«Puedes rezar a san quien tú quieras para que ocurra algo así.»

Mi hermano va a nacer en cueros, pero mamá le tiene preparada una manta, seis

pares de calcetines y tres
camisetas.

En una de las camisetas,
mamá está bordando un pato.

En las otras también bordará
algo.

Todo esto cuesta y de algún
sitio tiene que salir.

A veces, cuando digo:

«Dame.»

Mamá dice:

«No.»

A veces no me importa que
mamá diga «no», porque voy a
tener un hermano.

8

MAMÁ tampoco es de aquí.

Antes de ser mamá, mamá quiso ser maestra y enseñar geografía, pero tuvo que ser dependienta en una tienda de zapatillas y botijos.

Los abuelos tampoco tenían dinero.

Un día, papá necesitó un par de zapatillas y entró a comprarlas en la tienda en que estaba mamá.

«Quiero algo barato y que se rompa poco», dijo papá.

«¿De qué número, si me hace el favor?», preguntó mamá.

Así se conocieron.

Papá es joven. Mamá es joven.
A papá y a mamá les gusta
pasear cogidos de la mano y
hablar de lo que tienen y de lo
que esperan.

Ahora esperan que mi
hermano nazca bien, que sea un
niño fuerte y con buen apetito.

Después querrán que yo sea
jardinero jefe o marino, que mi
hermano sea ingeniero de trenes
o alcalde, que los dos seamos
algo importante.

(*Recuerdo a papá y a mamá,
cogidos de la mano, en el parque,
entre los tilos, de paseo los dos
porque era bueno que mamá,
todas las tardes, mientras
esperaba a mi hermano, diese un
paseo. Lo había dicho la
comadrona.*)

Un día le dije a papá: «De mayor voy a ser aventurero.» Papá preguntó: «¿Qué harás?» «No sé», dije, «quizá me decida a ser el primero en escalar el Arco Iris». «Bien», dijo papá, «algo así puede ser emocionante, pero no tanto como ir a comprarte un par de zapatillas de esparto».

Mi amigo, el hijo del *floristo*, sabe mucho de todo esto.

«Es el amor», dice.

Era jueves.

Yo dije:

«Estás haciendo no sé qué cosa, ves a una chica y dices: ¡Cielos, es ella!»

«Algo parecido.»

«¿La ves y suspiras?»

«Claro. Si no suspiras no es ella, es otra y pasas de largo.»

Mi amigo piensa que si todo sigue igual, si papá y mamá no se desenamoran, mamá aún puede quedarse embarazada más veces.

9

EN el cuaderno 9.º hice
algunos dibujos. Dibujé una
mariposa con todos los colores
de mi caja de lápices. El sol le
da en las alas.

La mariposa está posada en
la nariz de mamá.

Dije:

«Mamá, no te muevas o se
asustará.»

Mamá dijo:

«Bueno.»

Y la mariposa se asustó.

Era jueves y mayo.

(*Cuando yo era niño, y tu
padre, a lo mejor, aún no había*

*nacido, los jueves no íbamos a la
escuela, y en mayo llevábamos
flores a María.)*

Fui a buscar a mi amigo.

Pregunté:

«¿Cuánto tiempo se tarda en
tener siete hermanos?»

Mi amigo no tuvo que
pensarlo. Preguntó:

«¿Cuánto son siete por nueve?»

«Un montón», dije.

«Pues esa es la cuenta.»

«¿En días?»

«En meses. Cada hermano
tarda nueve meses en salir.»

«¿No pueden ser todos de la
misma barrigada?»

«Creo que no.»

Íbamos por la orilla del río que,
al ser mayo y haber llovido tanto,
parecía tener más prisa por irse
a la mar.

Tiré una piedra, a verla subir y caer y hundirse en el agua.

«Siete por nueve es demasiado», protesté, «por lo menos voy a aburrirme de esperar».

Mi amigo se encogió de hombros.

«Bueno», dijo, «mientras, podemos ir a buscar algo que se coma.»

Yo también tenía hambre.

«Zanahorias», dije y descubrí un secreto, «papá las siembra entre los rosales.»

«¿En el parque?»

«Zanahorias, judías verdes y a veces nos comemos los huevos de los patos.»

Volví a casa. La mariposa se había ido. Mamá estaba delante de la ventana, de perfil, gordita, con las manos sobre el ombligo, pensando en algo que

la hacía llorar y sonreír al mismo tiempo.

Pregunté:

«¿Falta mucho, mamá?»

Ella dijo:

«Ven y escucha.»

Pegué la oreja al ombligo de mamá y oí a mi hermano.

Mi hermano chapoteaba en el agua secreta en la que viven los niños que van a nacer.

«¿Qué te parece?», preguntó
mamá.

«Da nervios», dije.

Mamá sonrió, se limpió las
manos en el delantal y fue a la
cocina, a seguir pelando
rabanitos.

10

PAPÁ iba a acompañarme
hasta la escuela. Hacía sol y
era mayo. El aire estaba lleno
de gorriones.

Papá había cogido mis libros
y yo su escoba de brezo.

Mamá me abrochó el cuello
de la camisa.

«Adiós, mamá», dije, y
pregunté: «¿Qué vamos a comer
hoy?»

Mamá dijo:

«Tú a lo mejor comes en casa
de los porteros.»

Y cogió la mano de papá.

«¿Sí?», preguntó papá y se

puso nervioso, «¿sientes
dolores?»

Mamá no dijo nada, pero
sonreía.

Supe que pasaba algo raro.

Tuve que irme a la escuela sin
escoba y sin papá. No era
divertido. Por eso le di un susto
a aquel gorrión macho y no
saludé al héroe manco y pobre.

Encontré a mi amigo en la
calle. Iba empujando un carrito
lleno de crisantemos. También
llevaba un cubo y redondeles de
paja para hacer coronas de
muerto.

Mi amigo me dejó empujar el
carrito. Él se sentó entre las
flores y empezó a silbar. Le conté
lo que había pasado en casa y
dijo:

«Eso es que tu madre se ha
puesto a parir.»

Solté el carrito.

«¿Y por qué no me lo dicen?»

«Déjalos y no estorbes», dijo mi amigo, «te quedas y me ayudas. Tengo que preparar una corona para un señor que ya no es abogado».

Yo no sabía qué hacer.

«Estoy asustado», dije. Mi amigo se enfadó.

«Déjame en paz», dijo y se fue.

Me quedé solo.

Hay momentos en los que uno no sabe si volver a casa o salir corriendo.

Tenía ganas de llorar y lo hice.

Cuando nacía un niño, todos se ponían nerviosos. Venía la comadrona y le decía al padre:

«Quítese de en medio, buen hombre. Lo mejor que puede hacer es no estorbar.»

Los niños iban a comer a casa de la portera, y el padre se comía las uñas. La abuela, que estaba en todos los partos, ponía candelas delante de la estampa de la Virgen del Buen Parto y rezaba, de rodillas, en mitad del pasillo.

Te asomabas al patio y había mujeres en todas las ventanas. De pronto, tu casa era la más importante porque iba a nacer un niño.

(*Los niños aún no nacían en los paritorios de los hospitales y muchas veces no había un médico al lado de la parturienta.*)

11

NACIÓ mi hermano y lo
llamamos Pablo.

Pablo, como todos los niños
de antes, nació en la cama de
mamá.

La comadrona dijo que el
parto había sido fácil y que
todo estaba bien.

Lo primero que hizo papá fue
ver si Pablo tenía dos orejas,
dos ojos, cinco dedos en cada
mano y cinco dedos en cada
pie.

Después se tomó un vaso
de vino.

Mamá estaba contenta y me

miraba y miraba a papá y a
Pablo, que lo tenía junto a ella.

«Ya somos cuatro», dijo, y lo
dijo muchas veces y también
lloró de alegría.

Era emocionante.

Aquella misma tarde, papá y
yo plantamos un roble en un
rincón del parque. Lo hicimos al
lado de otro roble que ya tenía
diez años.

«Sólo tú y yo sabemos lo que
significa esto», dijo papá.

Pablo ya estaba en casa y
éramos cuatro. Lo conté en la
escuela y el maestro dijo:

«Me alegro, pequeño. Felicita a
tus padres de mi parte.»

Fui a buscar a mi amigo
y le dije:

«Tengo un hermano.»

Mi amigo no tenía nada que
hacer. Aquella tarde no había

muertos ni bodas. Nadie quería
ramos ni coronas.

«Hoy no hacemos negocio»,
dijo.

Podíamos ir a cualquier sitio y
hacer cualquier cosa, echar
cañas al río o inventar un juego
dentro de los últimos charcos
de mayo.

«Ahora me acatarraré mucho
menos», dije y presumí: «Ahora
ya no soy hijo único».

Mi amigo me dio una rosa.

«Llévasela a tu madre», dijo.

«¿Por qué?»

Mi amigo tampoco lo sabía,
pero cogí la rosa y se la llevé a
mamá.

12

AL principio, mi hermano Pablo era pequeño y pelón, pero sabía gritar más fuerte que nadie y siempre le hacían más caso que a mí.

Cuando mi hermano Pablo gritaba, mamá iba a jugar con él «a los cinco lobitos que tiene la loba», o le daba teta, «que nene tiene hambre», o lo cogía en brazos y le cantaba quedo: «Nana, nanita, nanita ea.»

Desde que nació mi hermano Pablo, yo dejé de ser lo más importante. Tuve que callar más de una vez, no meter ruido, o

dejarlo dormir si él quería dormir, o quedarme despierto si él quería gritar.

Un día protesté:

«Por su culpa ya no es lo mismo.»

Papá me sentó a su lado.

«¿Te gusta ser el hermano mayor?», preguntó.

«Sí», dije.

«Pues gánatelo.»

Tardé algún tiempo en darme cuenta de lo que quería decir.

(*Fueron tiempos difíciles, lo sé, me lo contaron y algo recuerdo, tengo los cuadernos y la memoria.*

Hablo de los tiempos en que yo aún era niño, y tu padre quizá aún no había nacido.

Siempre te encontrabas a alguien que daba pena, y algunas noches se iba la luz.

*No era obligatorio ir a la escuela
y muchos no sabían leer ni escribir
su nombre. En casa hubo
problemas, pero yo era niño, tenía
un hermano y nos defendía;
mamá y papá nos defendían. Por
eso, fueron tiempos felices y pude
vivir sin tenerle miedo a casi nada,
ni al rayo que me parta, ni a las
personas solitarias y rotas, ni a los
que decían: «Tú no sabes con
quién estás hablando.»*

*Muchas veces ni siquiera le tuve
miedo a la oscuridad, que se
escribía «obscuridad» o era una
falta en el dictado.)*

Salamanca, en la primavera de 1986.

TÍTULOS PUBLICADOS
Serie: a partir de 8 años